KB073546

내가 꽃이면
너도 꽃이야

내가 꽃이면
너도 꽃이야

펴낸날 2021년 6월 23일

지은이 조대연
펴낸이 주계수 | **편집책임** 이슬기 | **꾸민이** 전은정

펴낸곳 밥북 | **출판등록** 제 2014-000085 호
주소 서울시 마포구 양화로 59 화승리버스텔 303호
전화 02-6925-0370 | **팩스** 02-6925-0380
홈페이지 www.bobbook.co.kr | **이메일** bobbook@hanmail.net

© 조대연, 2021.
ISBN 979-11-5858-788-8 (03810)

조대연 시집

내가 꽃이면
너도 꽃이야

그대도 꽃이야… 그도 꽃이야…

철학을 사유하는 꽃의 노래

밥북 BㆍOㆍOㆍK

꽃이 우리들의 곁으로 왜 왔을까? 문득 생각해 봅니다.

갖가지 풀꽃이 여기저기 널리 피어 세상을 아름답고 향기롭게 합니다. 우리에게 이런 꽃들을 닮아 곱고 좋은 내음의 삶으로 피어가라 합니다. 분명히 내가 꽃을 닮아 꽃이면 그 모두 또한 꽃입니다. 삶의 철학적 사유는 꽃 한 송이가 폈다가 질 때 부르는 바람의 노래입니다.

꽃씨는 처음부터 꽃을 품고 온 대로 꽃잎을 피어 내지만 우리는 언제부턴가 처음의 꽃빛을 잃었습니다. 마음 어딘가에 늘 처음의 꽃빛은 찬란하게 빛나고 있지만 아직 가림의 문을 열지 못해 꽃다움이 없습니다.

내가 꽃이면 너도 꽃이야

시 한 편의 필사가 꽃을 닮게 하여서 처음의 꽃빛을 드러내 보임의 사유입니다.

꽃의 시 노래가 여리고 가난하여도 꽃으로 피듯 어여쁘게 봐주세요.

그때마다 꽃은 그대 곁에 다가가 행복으로 함께 할 겁니다.

서양의 먼 서녘에서 핀 꽃이나 동양의 먼 동녘에서 핀 꽃이나 각각의 꽃 색이 달라도 그 의미의 시 노래는 궁극의 숭고한 꽃 한 송이 피움으로 같음입니다.

바라건대 꼭 꽃의 마음을 그냥 그대로 읽어 받아 주세요.

2021년 봄, 피어나는 꽃들 속에서

조대연

4부

풀꽃의 노래

1부

행복해서 풀꽃을 피어야지

그런 말은 하지 마

서로 어우러져 피어
좋은 향기의 꽃으로 여김을 받고 싶다면
나 잘난 꽃이라는 점 말하지 마.

정작 좋은 이미지는
드러내지 않고 조용히 피어 있어도
존중받을 고운 색으로 빛이 나는 것이고
좋은 향기의 꽃으로
뭇 시선이 쏠려 오는 거야.

풀꽃 모두 풀잎에서 나와
세상을 아름답게 조용히 피었다 지는 거야.

예쁨 있는 꽃으로
피었다 가는 건 특별한 행운일 뿐
보잘것없거나 그저 그런 꽃들의 삶에
열등감을 줄 필요 없이
그런대로 잘 피었다 지면 되는 거야.

내가 꽃이면 너도 꽃이야

풀꽃 예쁜 감성

풀꽃의 감성은
고추잠자리 날갯짓 있을 때
남실한 바람 불어와
풀꽃 흔들어 보이는 춤사위야.

풀꽃의 감성은
풀벌레 울음 낭랑해 갈 때
아름다운 달빛 내려와
풀꽃 어우러져 부르는 노래야.

풀꽃의 감성은
가을빛 황금색 출렁여 올 때
무지개 이슬빛 반짝여 와
풀꽃 고와서 담는 화폭이야.

얼마만큼

얼마만큼 많은 꽃이 피어야
풀꽃 세상 올 수 있을까요?

얼마만큼 많은 꽃잎이 날려야
풀꽃 편안하게 잠들 수 있을까요?

얼마만큼 많은 것을 얻어야
세상 푸르게 숨 쉴 수 있을까요?

얼마만큼 많은 검은 비가 내려야
꽃 하얀 세상 돌아올 수 있을까요?

풀꽃이여, 온몸 흔들어
부는 바람에게 답해줘요.

내가 꽃이면 너도 꽃이야

결혼

결혼으로 맺음은 사랑하는
영혼의 묶임이 아니라

한 송이 꽃과 한 마리 나비가
서로의 관계에서 이해하며
나가는 자유로운 날갯짓의 시작이야.

사랑은 늘 서로에게 향하고
서로를 의지하여 하나로의 꽃핌이야.

결혼은 아름다운 꽃의 세계를 꿈꾸며
함께 만들어 가는 거야.

향기로 맺음의 사랑이
열정에 의함이든
친밀감에 의함이든
책임감에 의함이든

꽃밭에서 아름다운 꽃을 피워
미래를 위한 꽃씨를 터트림이야.

너 좋아서 꽃을 꺾지 마

너 좋아서 꽃을 꺾지 마.
좋아서 꺾는 꽃이지만
꽃에겐 생명 앗김의 아픔이 있어.

너 즐겨서 물고기를 낚지 마,
즐겨서 잡는 물고기지만
물고기에겐 목숨 낚임의 고통이 있어.

너 죽임의 놀이로 희열 하지 마.
욕구 충족의 즐김으로 인해
늘 괴수의 칼춤을 추고 있음이야.

사나운 야수도
생존 위한 사냥뿐
즐김의 물어뜯음이나 꺾음은 없어.

내가 꽃이면 너도 꽃이야

사랑으로 향하면

맘 사랑으로 향하면
눈빛에 특별한 색조가 씌워짐이야.

때론 뜨거운 열정의 꽃 색이 되고
때론 매혹적 유혹의 꽃 색이 되어
그 빛에 서로의 영혼이 이끌리어 감이야.

사랑받기에만 바람이 크면
홀로만의 빛으로 색을 가두어
사랑의 꽃 아름답게 피울 수 없어.

받기 위함보다는
더 깊고 더 넉넉한 사랑으로 주기 위해
스스로 마음에 숭고한 사랑의 꽃을 피워야 해.

아름다운 사랑으로 피어난 꽃은
서로에게 늘 향기를 주어
지지 않는 꽃으로 피어남이야.

풀꽃 함께 철학을 노래해

하늘 구름비가 말라
가물어 척박한 땅에서라도
풀씨를 뿌려 꽃을 피우려 하는
행복을 위한 철학을 노래해.

철학의 노래를
어떤 의지로 강제한다면
철학은 죽은 거라 말할 수 있으며
강제함의 신도 죽음이야.

철학의 노래는 단순히
자연의 법칙과 인간의 관계를
순응시키는 노력이야.

풀꽃은 물이 흐르면 흐르는 대로
바람이 불면 부는 대로
그대로 바라보며 흔들려 꽃을 피움이야.

내가 꽃이면 너도 꽃이야

풀꽃이 핀 그대로가
철학적 진리의 설명이고
종교적 목표로 이해할 수 있어.

철학이 황량한 황무지에
향기로운 풀꽃을 피우자 함에
종교와 철학이 다를 수는 없어.

나무의 소리와 침묵

뭇 가지를 함께 부딪쳐 온 나날 동안

서로 모양이 다르고
서로의 색이 다르고
서로 성격이 다르다 하더라도
마음은 그 모두 헤아려
다름 모두 포용합니다.

아름다운 연의 끈으로 이어지는
나무와 나무
풀꽃과 풀꽃이
단절로의 침묵이 아니라

진실한 소통으로 가기 위한
주옥의 말 한마디입니다.

말소리는 밝음의 빛이 있기에
진정 아름다운 말은

아픔의 그늘을 지우는
선한 빛으로 밝아갑니다.

말소리는 악기의 아름다운 연주 음이기에
들림에 잔잔한 감동이 있고

늘 행복한 날개를 달아
모두의 가슴에 다가갑니다.

가장 좋은 하루를 위한 꽃의 노래

풀꽃이 아침에 눈을 뜨면 햇살이
꽃잎을 두드려 들어와 함께 합니다.

햇살의 밝음을 따라 어디로 함께 갈까?
하루의 목적에 햇살 핀 미소가
꽃잎에 바람의 향기로 피어납니다.

햇살이 세상의 수많은 생명과 빛을 나누듯
가는 곳마다 햇살 밝은 마음이
그 누구에게 기쁨을 주리라는 다짐으로
하루를 엽니다.

오늘은 한번 피어 한번 맞는 하루라
찬란하고 아름다운 날로 남기기를 다짐하며
하루를 시작합니다.

오늘이 인생 마지막 날일 수 있는 소중함에
내일의 새벽종 소리의 기다림보다

오직 오늘 그 어느 꽃을 위한
기쁨의 종소리 울림이 더 필요합니다.

오늘 하루 오직 나만을 위한
욕망의 꽃 피움이었다면
얼마나 어리석음에 묻힌 시간이었는지
돌이켜 후회하며

나의 이기로 인해 하늘로 멀어져 간
그 어느 꽃의 행복을 위한 기도를 합니다.

풀과 나무

큰 나무는 여린 풀잎의 고통도 함께했으며
우주를 품어 안고 자란 나무입니다.

한 동산 위에서 자라난 풀 나무들이
한 비를 맞고
한 바람에 흔들렸어도
큰 나무와 작은 나무
약초와 독초 제각각 다른
품격으로 자라납니다.

큰 나무나 약초는
스스로 자정하여 밝아
작은 풀잎의 아픔도 함께합니다.

영원히 사는 나무는
뭇 풀과 나무의 이슬 같은 눈물이
행복의 빛으로 마를 때까지
영혼으로 함께 나누며
이파리 무성해 살아감에 있습니다.

내가 꽃이면 너도 꽃이야

꿈을 찾아서

끝없는 어둠 속의 지평으로 사라진
소망의 배가 왜 그렇게 됐는지
이제는 알 거 같아.

그 배 돌아올 때까지
오래라도 기다려 맞아
나의 소원도 찾아야 해.

보이지 않을 거 같은
긴 밤의 터널 끝인
새벽은 오고야 말아.

어둠의 긴 날
포기 없이
목 터져라 희망 외치다
소원 돌아오는 새벽을
꼭 맞이하게 될 거야.

깨우침의 노래

별빛 가려졌다가
다시 밝을 때는
알 수 있는 놀라운 일이
일어날까요?

풀잎의 향기로 핀 마음에
별빛의 반짝임 있어요.

밤하늘의 별 찬란하게 빛나는 순간
투명의 이슬방울 맑게 정화된 찰라
환희로 찬란한 행복의 무지개가 떴어요.

그리고 아름다운 새들의 노래가 들려왔어요.

내가 꽃이면 너도 꽃이야

처음의 마음

처음의 마음 전하는
이 순간을
놓치지 않아요.

마음에 품은
이 생각
변치 않고.

임의 곁으로
달려갈 겁니다.

꽃 같은 삶

산은 늘 살아 있는 모두에게 오라고 하며
강물은 늘 죽어가는 모두에게 돌아가라 하는데

당당함의 꽃나무는 봄이 오면 꽃송이 활짝 피며
자신감의 나뭇잎은 가을이 되면 단풍 곱게 물드는데.

살아 있어도 가지 못한 산
죽어 있어도 가지 못하는 강

꽃을 피우기 힘들다고
풀잎 시들어진다면

꽃이 살아가기 괴로워
삶 포기한다면

꽃이 져 죽은 후에도
갈 길 잃어
갈 곳이 없이
다시 꽃 필 수 없어.

내가 꽃이면 너도 꽃이야

꽃에게 도덕의 가르침 없어도

꽃은 도덕에 대한 가르침이 없어도
혼자 살아 필 만큼의 햇빛과 물방울만
필요할 뿐이라는
생존의 가치를 스스로 알고 있습니다.

젖소가 도덕에 대한 가르침이 없어도
초원에 푼 자유의 놓임에 방종 없이
풀밭에서 풀을 뜯다가
해가 지면 스스로 집으로 돌아옴입니다.

마찬가지로 우리에게 도덕의 가르침이 없어도
스스로 깨우침의 빛으로 밝아
바른길을 스스로 밝혀 찾는 것이
곧 대자유의 큰 행복입니다.

신은 죽었다는 어느 철학자의 변(辨)

나타나 보이는 현상을
현대 물리학적 설명은
입자와 파동 뿐의 공(空)이라

실상의 존재는 끈으로 서로 의존하여
오직 한 송이의 꽃으로 얽힘이라.

이 하나 위에 큰 존재는 없으며
오직 스스로 안에서
우주와 하나로 아우르는
본래의 성품뿐이라.

자신 의의 밖에서만 찾는
위대한 신은 이미 죽었으리라.

내가 꽃이면 너도 꽃이야

꽃을 피우는 꽃
과일을 맺는 꽃
씨앗을 맺는 꽃
씨앗을 심는 꽃
서로 인과의 어우러짐 속에서
홀로가 아닌 모두 하나로
어우러져 핀 한 송이 꽃이라.

이제 자신의 심장에 귀 기울여 보라
스스로의 맘속에 들어가 보라.

그 안에 수많은 생명의 숨소리가 들리고
그 안에 하나로 아우른 신의 모습 보이리라.

풀꽃의 고통

그 이름 풀꽃으로 부르기 전
하늘 아래 어디
어느 땅 위에서 방황하고 있었을까?

꽃씨 하나로 지나온
긴 세월
고통의 바다 이루어.

봄 만나 꽃이 피고
풀꽃의 이름 붙여져
풀꽃이라 한들
아픔을 이긴 숭고한 풀꽃의 모습
다 할 수 없어.

오! 풀꽃이 지고
고통의 물결이 쓸고 간 자리엔
생명의 푸르름 여전히 돋아나
그 이름 다시 부르네.

내가 꽃이면 너도 꽃이야

꽃으로의 아름다운 약속

약속은 소중한 그 누구 꽃에 대한
목숨의 가치 이상의
중요한 영혼으로 맺음이지요.

모든 것이 끝난다 해도
약속을 잊어서는 안 되고
시간의 지킴은 보석같이 귀함이지요.

비록 천년 후의 언약이라도
꽃의 영혼으로 각인이 되어 있다면
꽃으로의 아름다운 약속은 꼭 지켜지겠지요.

말의 꽃향기

무심코 날아가는 말의 화살은
누구의 가슴에 꽂혀 아픔을 줄까?

그 화살은
가까운 사이의 사람
먼 관계의 사람
아주 좋아하는 사람
죽도록 미워하는 사람
가림 없이 무작위로 날아가
치유 힘든 상처를 줘.

차라리 침묵이 좋겠지만
굳이 말을 해야 한다면
감동과 칭찬의 말로
향기로운 바람을 보내야 해.

모두를 위한 외침으로
용기 있는 말은
일깨움의 바람으로 침묵의 들판에
횃불의 들불로 밝힘이야.

내가 꽃이면 너도 꽃이야

말 한마디의 힘은
스러진 꽃을 일으킴이며
희망의 별이 되어
누군가를 위한 반짝임이야.

꽃 같은 삶

꽃은 쾌락의 채움을 찾아
이곳저곳으로 떠돌아 방황하지 않습니다.

바람이 불어와 주면 좋은 꽃내음을 실려 보내고
벌 나비가 날아와 주면 달콤한 꿀을 나눠 줍니다.

쾌락의 불꽃은 스스로의 모든 것을 불태워
돌이킬 수 없는 불행을 불러오게 합니다.

꽃은 육감으로 좋음의 허상을 좇는
그림자가 없습니다.

꽃은 스스로 아름다움과 향기를 가질 뿐
쾌락으로 내달려 메이는 어리석음이 없습니다.

　　　　　　　　　　　　　　　　　내가 꽃이면 너도 꽃이야

품성의 가치로 바라보는 꽃

숲 속의 초목들을 살펴보세요.

숲 속 여러 부류의 풀 나무에는
그 크기와 모양이 다르지만
쓰임새의 가치에서도 서로 달라요.

세상에 한 번 나와서
꽃답게 피었다 져야지
독물로 물든 꽃으로는 피지 말아요.

품성 고운 아름다움이
세상에 제일이라 생각할지라도
숙여 핀 겸손의 꽃은

스스로 내세우지 않는 그대로라도
그 가치는 이미 황금빛으로 빛나서
피어 있지요.

꽃의 미소

꽃에 정이 넘쳐흘러서 강물을 이뤄
수많은 그 누구한테 흘러갈 때의 미소는
세상 모두를 품어 안음입니다.

풀꽃의 향기는 늘 다정다감이라
그 누구의 고통을 먼저 헤아려
한 송이 한 꽃빛으로
고통도 슬픔도 기쁨도 함께합니다.

흔들어 깨우려는 바람 없이도
풀꽃의 본맘 스스로 밝아
자애의 미소를 부어
순백의 향기 고운 꽃을 피움입니다.

내가 꽃이면 너도 꽃이야

꽃의 사랑

마음을 전하는 이 순간
놓치지 않아야지.

꽃송이로 품은 이 사랑
너를 찾아 어디로든
너의 맘 닿는 우주까지라도
함께 손잡고 가야지.

꽃의 비밀

나 알고 보면 결점이 많아 핀 꽃이야.
그런데 너 꽃에게도 종종 얼룩이 보이곤 해.

나 비밀의 꽃 문을 열어 보일께.

우리 속 안으로 들어가
불을 켜고 비밀을 밝혀 봐.

우리는 그렇게 알아 왔고
이제 단점으로 보이는 저 부분을
온정으로 감싸 안아 봐.

내가 꽃이면 너도 꽃이야

꽃의 품성

꽃은 좋은 꽃과 나쁜 꽃을 구별하지 않아도
모두 고운 꽃잎과 향기로운 꽃송이만 피움의
아름다운 자태 그대로 나타나 보입니다.

사람이 지혜의 아름다운 빛으로 피움이 있다면
굳이 선과 악을 말하지 않아도
마음 쓰임이 밝아 환하면
늘 고운 품성으로 꽃과 같음입니다.

꽃의 행복

꽃이 행복을 찾아 굳이 헤매지 않아도
행복은 늘 햇살로 곁에 와서 반짝이고 있음이야.

눈과 귀가 밝다고 행복을 찾아서 잡으려 하면
오히려 행복은 가질 수 없이 아주 멀리 달아나 있어.

눈과 귀를 닫고 보지 않고 듣지 않아도
마음이 긍정의 기쁨으로 차오르면
행복은 늘 꽃으로 피어 와 함께해 줄 거야.

행복은 이미 마음속에 피어 있어서
스스로 먼저 알아차릴 때나 꽃으로 피어 보여줘.

내가 꽃이면 너도 꽃이야

생각 내려놓기

이런 내 모습이 싫어지곤 해

쓸데없는 생각들이 꼬리를 물고
구름같이 몰려와
잠 못 드는 나

이젠 마음에서 일어나는
생각 훌훌 떨쳐내고
멍해져 봐.

이 시간 금방 지나
생각 떨쳐낸
자유로운 영혼이
편안해져 와.

가진다는 거

뭇 우주 안의 생명들은
살아갈 만큼의 알맞은 정도만
얻으며 살아가고 있어.

하지만 사람은 특별해.
아무리 욕심의 짐이 짓눌려 와도
가지고만 싶어 해.

이젠 그런 것 다 내려놓고
풀잎처럼 편안히 누워
풀꽃을 피는
그런 곳으로 가벼이 떠나 봐.

내가 꽃이면 너도 꽃이야

함께

새 한 마리가 위대한 날개를 펴기 위해서는
함께 손잡고 걸어가는 방법을 알아야 해.

새가 손을 잡고 함께 걸을 줄 안다면
함께 뛸 줄도 당연히 알게 돼.

때문에 새가 날개를 펴 날아오르자 함에
특별한 힘이 필요하다 해도

이미 함께 걷고 뛰는 지혜를 알고 있기에
하늘 더 높이 비상할 수 있게 돼.

봄꽃이 지니

봄날이 가니 꽃들도 떨어지는데
바람의 계절 따라
머물지 못하고
꽃잎처럼 떠나간 사람들 그리워

잠시 떠올리면
눈앞에 아련하게 펼쳐지는
추억의 그림자가
지금 바로 돌아와 보여.

모든 것이 피면 지는 꽃같이
아름다워서 지는 꽃이 아린 건
모두 같은 슬픔의
기억이 있기 때문이야.

2부

동녘에서 피는 꽃빛

비상하기

그렇게 거기서 주저앉지 마
갈 길 아직 멀어.

거긴 네 머물 곳 아니야.
다시 비상해
더 높이 날아오르길

얼마나 더 가야 할지.
조금만 더 가면
정상이 보일 거야.
그때까지 견뎌 낼 수 있어.

이제 깃을 쳐서
힘껏 날개를 펴
하늘 푸른 곳
하늘 높은 곳 향해
날아 봐.

　　　　　　　　　내가 꽃이면 너도 꽃이야

장미꽃 한 송이

넓고 먼
이 우주서
오랫동안 기다려
그대를 만났지.

많은 별들 중에
오직 하나 그대 별
좋아해서
사랑의 역사는 시작됐어.

가시가 돋아서
다가서기 어렵지만
어여쁜 장미꽃 한 송이로 내려와
이렇게 이미
내 곁에 와 있어.

꽃 일어서기

작더라도 세상의 빛으로 나와
보다 나은 내일을 위해
한 가닥의 꽃빛을 뿌릴 거야.

일어나야지
포기하고 숨을 수 없어.

이제 도망쳤던 나를 되찾아
어둠의 긴 터널을 빠져 나와서
꽃빛으로 모두에게 다가가야지.

우리에겐 흙수저만 있을 뿐이야

모든 것이 강물처럼
흘러가고 말아.

모든 걸 다 가지려 하지 마
강물로 떠나갈 땐
지킬 수 없어.

헤아릴 수 없이
많은 것을 가졌었지만
그 어느 누구의 아픔을 헤아려
나눔을 가졌는지 생각해 봐.

흙에서 나와 피어서
흙으로 돌아가는 거
금수저는 없어
우리에겐 흙수저만 있을 뿐이야.

신념

양자물리학에서는
의식의 에너지가 있기 때문에

마음먹은 방향으로 이뤄져 가는
신념의 힘이 있다 설명해.

굳이 과학적 설명이 아니라도
자신감은 너에 대한 스스로의 인정인 것이야.

신념은 자신의 의지에서 솟구치는
강한 힘이야

먼저 이뤄지지 않을
두려움 같은 것은 굳이 가질 필요 없어.

두려움에 처음부터 포기해서는
얻을 수 있는 것이 아무것도 없어.

내가 꽃이면 너도 꽃이야

죽음의 생각

죽음이란 것을 생각하기도 싫지만
한 번쯤은 고민을 해봐야 해.

풀꽃처럼 핀 우리 모두가
풀꽃이 지듯 꼭 죽음을 맞이하기 때문이야

바람에 날아온 씨앗이 싹틔워 피는 풀꽃이
어느 바람에 날아와 시작됐는지 모르지만
단순한 우연이 아니야.

내 안에서 영원히 꽃 피움을 바란다면
참된 생각으로 내 마음에 꽃나무를 심어 봐.

하양 나비

풀꽃 향기 너무 좋아
그냥 떠날 수 없어요.

그대의 풀잎에 기대어
하늘 맑아질 때까지 잠시
앉아 있다 날아갈게요.

꽃 찾아 하양 나비
길 찾아 다시 떠나도
이제 아파서 힘겨워 날지 않아요.

내가 꽃이면 너도 꽃이야

꽃의 바로 보기

눈앞에 나타나 보이는 나
그것이 전체라고 생각하지 마.

눈으로 보이지 않는
더 많은 다른 모습이 나에게 있어.

그렇다고 지금 당장 보여 줄 수 없기에
마음의 어둠이 밝아질 때까지 기다려야 해.

마음에도 빛이 있기에
밝아지면 잘 볼 수 있어.

꽃 한 송이로의 기쁨

우주에서 너 꽃 한 송이의 존재는
티끌보다 미미하지만
아마도 너의 넓은 마음은 우주를 품고도 남아.

이제 가둬 뒀던 마음을 열어
자유의 날개를 달아 봐.

아픈 그 누군가에게 날아가 보듬어 주고
슬픈 그 누군가에게 날아가 향기를 줄 때

비로소 꽃 한 송이의 기쁨을 알고
행복도 알게 돼.

내가 꽃이면 너도 꽃이야

꽃과 인간의 불행

꽃이
꽃이란 실체를
제대로 알지 못한 채
피었다가 지는 것이
불행한 일이며

사람이
사람이란 실체를
제대로 알지 못한 채
살다 죽는 것이
더 불행한 일이야.

세상에서 유일한 꽃 한 송이 홀로의 존재

너 꽃 한 송이는 세상에서 단 하나로의
소중한 존재야.

꽃송이 하나로 자연 속에 어우러져 피어
함께의 풀꽃으로 하나를 이룸이야.

때론 풀꽃 한 송이의 존재가
아주 작아 보잘것없어 보일 때도 있지만

어우러짐으로 함께 피임은 아주 큰
하나가 되기도 해.

궁극 거룩하게 핀 꽃 한 송이란
스스로 작음을 알고

전체의 큰 하나를 깨달아 함께하는
지혜의 향기로 나눠 감이야.

내가 꽃이면 너도 꽃이야

풀꽃의 존재로

싹터 연약한 네 풀잎 하나
그 생장이 힘겨워
비바람에 흔들려 스러지곤 하다
되살아났어.

자라나 푸르른 네 풀잎 하나
바람의 노래에 춤추고
바람의 말에 울림 있었어.

명상의 별빛 쏟아질 때
꽃가지엔 풀벌레 날아와 기대었고
사색의 달빛 내릴 때
풀꽃 잎에 이슬 내려와 앉았어.

자연의 진리가 하늘의 별빛에 있고
인간의 존재가 땅 위의 숨결에 있었기에
풀꽃의 존재는 지고 또 피었어.

사고의 가치로 피우는 찬미의 꽃

낙원의 저쪽으로
건너기 위한 배

나도 타고 그도 타고
저 행복의 언덕을 향해
함께 노 저어 건너야 해.

인간의 존엄한 가치 또한
용선의 배에 고이 태우고
바른 뱃길로 노 저어
건너가야 해.

건너야 할 목표의 가치는
피안으로 바로 건너가야 함이야.

건넘은 찬란한 찬미의 꽃으로 피움으로
스스로 이뤄야 하는
가치고 행복의 완성이야.

내가 꽃이면 너도 꽃이야

건너서 보니 종이 울리고 새들은 노래해.

영원으로 안내하는 존엄성 이상의 가치여!

함께하며 배려하는 도덕적 이상의 가치여!

자신을 먼저 알아야지

스스로를 돌아보아야 할 때가 있어.

지금껏 살면서 마음으로 행복을 찾았는지
지금껏 살면서 가슴으로 고마움 늘 있었는지.

그렇지 않았으면 슬픈 일이야.

풀꽃의 눈물이 새벽마다 이슬로 맺히는 걸
생각해 봐.

그런 눈물이 있어야
뿌리까지 후끈하게 젖어 살아서
향기 고운 꽃 피울 수 있어.

회한의 눈물로 돌아봄 없이
아름답고 향기로운 꽃 피울 수 없어.

자신을 먼저 알고 스스로 맑아져야
세상의 아름다움도 보게 돼.

내가 꽃이면 너도 꽃이야

꽃으로 와서

언제 어느 향기의 꽃으로 피었든
꽃으로 한번 와

꽃다운 꽃 피기 어렵고
아름다운 꽃으로 남아
살다 가기 힘들어요.

언제 어느 이름의 꽃으로 피었든
꽃으로 한번 피어

다솜한 인연 맺기 어렵고
좋은 꽃으로 기억되어
피고 지기 힘들어요.

언제 어떤 색깔의 꽃으로 피었든
꽃으로 되어 와서

더러움 물들어 변치 않고
꽃빛 그대로 가지고
고와 있기 힘들어요.

귀의(歸依)

촛불 온몸 다 사르어
어둠을 밝힘에
촛불 사라진 공(空)의 자리에
피어 오는 숭고한 꽃송이를 보오.

실상이란 이러한 것
공(空)의 자리서 피는 꽃
공(空)의 자리서 웃는 미소
공(空)의 자리서 주는 자애라오.

무상(無常)이란 이러한 것
현상(現像)의 자리에 놓인 꽃 모습
현상(現像)의 자리에 놓인 시간
현상(現像)의 자리에 놓인 탐욕이라오.

마음속 슬기의 빛을 꺼내 밝혀
무상(無常)을 바로 보고
실상(實像)을 바로 보오.

내가 꽃이면 너도 꽃이야

무상의 꽃으로 와서
꽃 내 안의 지혜를 인연 하여
꽃이 져 갈 때라도
실상(實像)을 바로 보고
그 자리로 돌아가오.

가식의 옷을 벗고
가면의 탈을 내려
참모습의 꽃송이로 귀의하오.

고해(苦海)의 강을 건너
본래 핀 꽃빛으로 귀의하오.

꽃의 말씨

꽃의 말이 들리지 않지만
고운 말로 늘 바람과 속삭임 있어요.

꽃은 본래 아름답다 티 내는 말 없었고
꽃이 본래 연약하다 비겁의 말 없어요.

진실의 말은 믿음의 울타리로
불신의 비바람을 막아줘요.

고운 말씨 향기로 화(化)하여
세상을 맑게 해요.

뭇 꽃나무 고운 울림에 웃음꽃 만발해
행복의 물결로 출렁여 흐르게 해요.

내가 꽃이면 너도 꽃이야

생각의 밝음

마음 바람 불 때마다
쉬이 흔들리지 마!

바람의 진실 깊이 사려 하여
그 색 명확하게 보일 때
비로소 과감하게 다가가 봐.

질투의 바람
성냄의 불꽃
미움의 파고를
차분히 가라앉히고
편안하게 나가 봐.

거짓의 어둠을 뚫고
진실의 빛을 찾아 들어가 봐

지혜의 밝은 빛은
어두운 곳 다 밝혀
참됨의 모습 드러나게 해.

꽃의 중도

풀 포기 하나 과신하지 않고
풀꽃으로 바로 피었고
꽃나무 하나 허약하지 않으려
산꽃으로 바로 피었네.

들풀의 삶에서
이슬 반짝임 속에 꽃 피어
스스로 밝아 나와
환함으로 바로 꽃 피었네.

꽃 나약하여 바람에 스러짐 없고
꽃 강하여 바람에 꺾임 없이
유연의 중도로 바로 피었네.

침묵의 꽃
냉정의 꽃
열정의 꽃
지지 않고 피어서

내가 꽃이면 너도 꽃이야

내려 낮춰

서 있는 듯

누워 있는 듯

지혜의 중도로 바로 피었네.

꽃의 처세

꽃의 위엄 고귀하여
진흙탕에 물들지 않은 채
핀 품성 깨끗한 연꽃이야.

꽃의 마음 고요하여
비바람에 흔들리지 않은 채
핀 품격 고운 풀꽃이야.

따사롭고 맑은 날이라 하더라도
한줄기 소낙비에 꽃송이 떨어짐 있으려니

늘 조심하여
꽃의 자리 지켜야 해.

내가 꽃이면 너도 꽃이야

꽃의 행복

꽃의 행복은
생명의 꽃씨로 날아와
싹이 터 숨 쉴 때부터
지금까지 늘 있었습니다.

꽃의 행복은
마음의 눈으로 봐야만 보이고
마음의 귀로 들어야만 들을 수 있습니다.

때문에
마음의 눈과 귀에서 행복하다 할 때
비로소 행복하기에
행복은 마음의 빛이고 소리입니다.

꽃 한 송이는
바람이 불어도
비가 내려도
늘 행복해 꽃을 피웁니다.

그대 어디서 찾을 수 있을까?

그대 별 어디서
찾을 수 있을까?
그대 별 하나로 향함의
오직 사랑이야.

언젠가 내 맘 우주에
한 송이 사랑의 꽃으로 피어 와서는
밤하늘의 별이 돼
빛나고 있었어.

밤마다 별을 보며
그대 찾아 떠나는 여행을 했지만
헤아리기 힘든
수많은 별들에서 그대
찾을 수 없었어.

하지만 그 먼 우주가 아니라도
그대 이젠 여기 맘에서
이젠 보일 거 같아.
이젠 만날 거 같아.

내가 꽃이면 너도 꽃이야

내 마음의 그대 나 쉼터에서

생각 날 때마다

보고 싶을 때마다

만날 수 있어.

꽃으로 아니 핀 날 없었지

곱고 향그러운 바람의 꽃씨로 날아와서
꽃으로 아니 핀 날 없었지.

아직 꽃이 피지 않았고
꽃이 아니라고 생각하는 건
스스로를 향한 모욕이야.

또한 저 고귀하고 아름다운
나 아닌 풀꽃들이
꽃이 피지 못했고
꽃이 아니라 여김은 더더욱 아니야.

내가 꽃이 피었고
다른 이들이 꽃이 피어 있음의 앎은
참 너를 바로 비추는 슬기의 빛이야.

이제 화사한 꽃송이를 가슴에 피우고
남들 또한 그러한 꽃송이로 바라봐.

우린 모두 같은 꽃송이로 어울려
세상의 꽃밭에 꽃으로 아니 핀 날 없었지.

내가 꽃이면 너도 꽃이야

꽃의 복과 덕

복을 받기 바람 크지만
근검함은 늘 메마름이야.

덕을 받기 바람 높지만
겸양은 늘 빈약함이야.

꽃이 복을 부름은
향기로운 채 조용히 제자리서
벌 나비를 기다리는 것이고

꽃이 덕을 부름은
해맑은 꽃으로 미소 지은 채
마음 허공이 스스로 화창해질 때야.

별의 탄생

살며시 다가간 마음
있을 때부터
새별의 탄생이 시작되었습니다.

살포시 다가온 마음
왔을 때부터
별이 들어 와 반짝임 있었습니다.

밤마다 별빛 속삭임으로
우주의 새 사랑의 이야기를 들려주었습니다.

별은 우리들의 가슴
별은 우리들의 노래로
서로 닮아가고 있었습니다.

내가 꽃이면 너도 꽃이야

꽃의 얼굴

꽃의 눈을 그려 봐요.
아름다움만 보이는 해맑은 눈동자로요.

꽃의 입술을 그려 봐요.
이쁘게만 말하는 고운 입술로요.

꽃의 몸을 그려 봐요.
흔들려 굽지 않은 바른 자세로요.

구름 다 거둬져 맑아진
둥근 꽃의 얼굴 그리면
달꽃 환해서 밝아 와요.

하늘길

함께 갈 수 없는
낯선 길 멀어

다정한 너의 손
잡을 수 없는
홀로의 길

처음 가는 하늘길로
구름이 되어 흘러가다가
바람이 되어 방황하다가

그래도 다시 돌아가는 길이기에
가야만 해.

내가 꽃이면 너도 꽃이야

꽃 보기

세상에 핀 꽃들을 살펴봐.

너 보는 꽃잎의 진실 된 색채보다
너 스스로가 이해된 정도로만
바라볼 뿐이야.

너 알고 있는 인식의 한계에서
너에게 꽃들의 세상이 펼쳐져 있을 뿐이야.

하지만 그 이상의 꽃의 세계가 있음을 알아야 해.

우주에 나와서 경험하고 이해한 벽을 뚫고
지혜의 밝은 곳에서 꽃의 세계를 바로 만나 봐.

꽃빛이 찬란하게 바로 빛나고 있어.

사람의 속성

사람이 육감으로 받아들임에는
본능으로 숙련돼 있습니다.

하지만 육감에 비하여
사고하는 판단력은 우둔하고
저장하는 기억력도 희미합니다.

이런 사람의 구조로 인한 부족함을
스스로 알아차려 육감보다 이성이라면
마음엔 어느새 지혜의 빛으로 차올라
눈부신 새 세상으로 열려올 겁니다.

내가 꽃이면 너도 꽃이야

3부

서녘에서 피는 꽃빛

꽃다운 풀꽃

꽃다운 풀꽃의 품성이 있어야 하지만
꽃다움을 포기한 무리는
서로의 꽃을 향해 미움을 가짐입니다.

꽃의 무리에서도 볼품없는 빈약한 꽃이
빼어난 꽃의 자태를 질시하고 멸시함이
흔히 있는 일입니다.

아름다운 기품으로의
세상에서 받는 찬사가 눈에 부심은
스스로 낮추어 핀 겸손의 풀꽃이기에
더욱 그렇습니다.

내가 꽃이면 너도 꽃이야

한 송이 꽃에 관한 판단

꽃 한 송이에 관한 바른 판단이 어렵습니다.

눈으로 꽃을 본 것과
코로 향기를 맡은 것으로만
바른 판단을 위한 기준이 되지 못함입니다.

마음으로 세상의 꽃을 보고
가슴으로 세상의 향기를 취하는
밝음이 있어야
비로소 꽃의 참모습을 바로 볼 수 있습니다.

건강한 꽃빛

병든 재벌이 건강한 거지보다
행복할까요?

새장에 갇힌 배부른 새가
창공을 나는 가난한 새보다
행복할까요?

행복함은 넉넉함을 주며
넉넉함은 쾌활함을 주며
쾌활함은 육체적 건강에서 비롯합니다.

그것은 삶에서 최상의 보물로
행복이 무한의 채움에서 오는 것이 아니라.

작은 것에도 충족의 즐거움이 있는
건강한 꽃빛에서 옵니다.

꽃이 세상을 바로 보길

밤하늘에 뜬 별과 밤마다 속삭여
우주를 이해하며
꽃나무는 자라서 꽃을 피웁니다.

깊은 향기의 꽃들은 서로의 감성을
교감하여 성숙해져서
살아가는 각각의 꽃을 피웁니다.

꽃이 하늘을 바라보며 핀
그런 아름다움은
옳든 그르든
크든 작든 간에
변함없이 늘 같습니다.

뛰어난 통찰력에 의해
세상을 바르게 본다는 것은
세상에 바로 맞서게 함으로 해서
신념 굳은 꽃을 피우게 합니다.

꽃 사랑의 감정

나비가 처음 날아가 앉았을 때
꽃의 사랑이 가장 청순하여도

사랑으로 익어 가는 순정의 색은
어느 붉은 꽃색보다 더 진해갑니다.

삶에서 가장 강렬하게 끌리던
처음의 사랑이 가장 순수하여도

사랑으로 깊어 가는 열정의 불꽃은
타오르는 용광로보다 더 뜨거워갑니다.

삶의 일기에서 가장 큰 사건은
그러한 사랑의 순정과 열정의 이야기에서
시작됨입니다.

내가 꽃이면 너도 꽃이야

어리석은 사람이 걸작의 꽃을 만나면

위대한 걸작의 꽃이라 하여도
어리석은 사람을 만나면
버려지고 밟혀서 그 빛을 잃고 맙니다.

자혜로움은 밝음이라
참모습을 제대로 볼 수 있지만
어리석음은 어둠이라
옳음을 제대로 볼 수 없습니다.

세상의 모든 실상은
그대로 드러나지 않아서

보이는 그대로보다
드러나지 않은 이면에 참모습이
있다는 사실입니다.

저편의 실상을 본다는 것은
오직 슬기로움의 밝은 빛입니다.

꽃의 향연

겨울을 보내는 풀꽃의 뿌리는
얼어붙음의 시림 큼이야.

혹독한 겨울을 보내는 고통이 없다면
꽃망울을 터트려 만개하는
봄날의 향연은 기대할 수 없어.

시련은 안일과 방종을 일깨워
삶을 단단하게 하는 경험으로
새봄의 희망을 불러오게 함이야.

내가 꽃이면 너도 꽃이야

교만의 구름

교만의 구름이 하늘을 덮으면
무수하게 빛날 별빛의
찬란한 장점을
가려버리고 말아.

교만의 구름은 스스로 가치가 인정될
명작의 그림에 색의 덧칠로
본래의 가치를 훼손시켜
스스로 망치는 일이야.

때문에 교만의 구름은
스스로의 귀 막음에 의해
비웃음의 바람 소리도 알아차리지
못함이야.

풀꽃 싱싱하게 피어야지

풀꽃이 피기도 전에 시들어
꽃나무의 운명이 다 한다는 건

세상에서 어떤 얻음의 만족이라도
꽃나무에게는 불행한 운명이야.

충족의 채움을 위해
심신을 혹사시켜 싱싱함을 망가뜨림은

일시적 만족이 있을지라도
모든 것을 잃는 실망으로 돌아와.

우람한 꽃이라도 쓰러지면 그만으로
성성함의 푸르름을 잃음은

생명의 기운을 잃으므로
희망과 행복도 사라지고 말아.

내가 꽃이면 너도 꽃이야

꽃의 말

입안에 향기를 굴려
말을 꽃으로 피워 보여 봐.

어여쁜 너의 입술이
송이송이 꽃송이로 피고 있어.

나의 말
나의 향기
한 송이 꽃으로 피어
훨훨 날아 소중한
그 누구에게 다가갈까?

그런 그대의 말이
아름다운 연주 음악의 노랫말로 불려
피곤에 지친
그 누구에게 평안의 손길로
보듬어 주게 돼.

행복과 불행

행복은 잡을 수 없는
저 먼 곳의 신기루가 아니야.

마음 다듬어 행복의 꽃동산에 올라가면
찬란한 행복의 무지개가 떠 있어.

네 마음에서 찾지 못한 무지갯빛은
네 마음 밖의 세상 어느 곳에도 없어.

불행의 먹구름도 너 마음에서 일어나
행복의 밝은 빛을 가릴 뿐이야.

행복의 찬란한 무지개든가
불행의 회색빛 먹구름이든가

네가 만든 마음의 하늘에
무지개가 되기도 하고 먹구름이 되기도 해.

　　　　　　　　　　　　내가 꽃이면 너도 꽃이야

풀잎의 푸르름과 단풍

풀잎 푸른 날
열정의 힘은 뜨거운 태양을 향했고
통찰의 힘은 단단한 흙으로 나갔어.

이파리 고운 날
절제의 힘은 맑은 하늘을 향하고
분별의 힘은 맑은 강물로 나갔지.

고울 때 보다 푸르른 때 좋은 건

가을의 단풍이 곱지만
감흥의 시간은 짧고

여름의 이파리가 푸르러
관찰의 힘이 뛰어나기 때문이야.

갈림의 풀꽃
한 가람으로 흘러가야

가람 흘러가다 흩어지면
언제 또다시 만나랴!

오천 년 흐름
한가람 비단결 고움인데
갈기 찢기인 백의 궁초
언제 갈라짐의 아픔 있었던가?

황토 땅 양지 녘
한 어미 치마폭 품어
굽이 흘러온 한 가람인데
풀꽃의 색 차별에
갈래의 찢어짐인가?

가람 하나로 만나 흘러
풀꽃 피우는 봄은 오는가?

내가 꽃이면 너도 꽃이야

하지만 아직 긴 겨울인 것은
빨강 꽃 파랑 꽃
이쁜 꽃 미운 꽃
남꽃 북꽃
풀꽃의 시린 갈림이 있어.

하지만 이제 아픔의 꽃 보듬어 안아야.
남도의 유채꽃
북도의 진달래꽃이
아파 붉어 눈물 적시었어도
보듬어 안아 보면
비단결 부드러운 고움이 느껴 와.

이젠 어둠 속에 잠겼던 호수가
터져 나와
흐르는 뜨거운 물줄기로
가람 한쪽 찾아
화하여 흘러서 가리

궁극 화합의 지평을 열어
아우르는 풀꽃 하나의 빛으로
화하고 합하여
다시 만만년으로 나가는
비상의 깃을 치리.

아, 가람 하나로 기어코 만나
어머니 젖줄로 다시 강 하나로 흘러
풀잎 적시고 꽃잎에 머금어
만만년 생명을 이어서 가리.

지난날의 울음
분노의 발톱
다툼의 으르렁일랑
모두 던져 흘려보내고
한 가람 내일 오직
희망의 아라로
힘차게 나아서 가리

내가 꽃이면 너도 꽃이야

꽃과 사람의 속성 살펴보면

꽃나무는 앉아 있는 자리 그 외의
햇살과 빗물에 탐냄 없이
아름다운 꽃을 피우고 떨어져 집니다.

새는 작은 배를 채우면 그뿐
그 외의 먹이에 욕심 없이
파란 창공을 자유 하고 날아갑니다.

사람은 욕망의 주머니에
아무리 채워도 부족하여
채움만 갈구하다
늙고 병들어 죽어갑니다.

참다운 사람은 꽃같이 향기로운 정신으로
최고의 가치를 빚어낼 수 있음입니다.

하지만 부족한 사람은
그런 정신의 수양보다
부의 채움에만 몰두하며 살아갑니다.

꽃 인연의 끈으로 이어져

꽃 멀리 볼 수 없는 곳이라도
그리운 생각 일어남은
너와 이어진
인연의 끈이 있기 때문인 거야.

광활한 우주 너머
아주 먼 곳에서도
억겁의 세월 전
아주 긴 시간에도
그 끈은 이미 이어져 있었어.

오늘 또 헤어짐의 운명이라도
끊을 수 없이
만남으로 오는 기쁨
이별로 가는 아픔이
바람이 불어오고
구름이 흘러가듯
늘 가고 또 오며
그 끈이 이어지고 있어.

내가 꽃이면 너도 꽃이야

상처의 한 마디
미움의 한마음은
화살 되어
그 어느 꽃에 꽂혀 돌아간 인연이
어디서 다시 만날까?
잊는다 해도 결국, 다시 또
그 끈은 이어져 와 있음이야.

지금 함께 꽃의 노래
여기 함께 꽃의 몸짓이
저녁나절처럼 짧기만 하여
이어지는 인연 소중하지 않은 거 없어.

네 가슴 아리고
내 가슴 여린 채
갈꽃 흔들리고 스러져서
강물에 흘러갈 영혼들
이제 소중한 고운 꽃의 인연으로
서로에게 피우고 향기로워진 채
황금빛 끈의 눈부심으로
이어가야 함이야.

차라투스트라는 풀꽃에 이렇게 말했어

풀꽃이 향기롭든 향기롭지 못하든
풀꽃이 아름답든 아름답지 못하든
한번 와서 풀잎으로 돋아나
미움으로 알아 잊혀짐이 좋을 순 없어.

풀잎 포기 뿌리를 내리고
어우러져 풀꽃 피어
네 꽃은 내 향기 내 영혼은 내 숨결의
홀로가 아닌 함께의 어울림이야.

오! 찬란한 꽃빛의
너의 눈부심이 나의 행복으로
내 다가가려니 우리 어울려
풀꽃 무더기 하나 되어 기쁨의 춤을 춤이야.

나만을 위한 노래는
이기적 독백의 메아리려니
이제 디오니소스적 얽힘의 뿌리로
너와 나 따로 없는
오직 하나 된 위버멘쉬로 아모르파티야.

내가 꽃이면 너도 꽃이야

풀꽃 한 송이에 살아 있는
참다운 네 이름
진실한 빛으로 되살아 돌아온
새 생명 하나로의 굳건함으로 핀
영혼이 자유로운 꽃이야.

아름다워서 아픈 꽃에게

바람에 꽃잎 하나 떨어지는
아픔의 꽃이라도
빗방울은 차별 없이
내려와 보듬고
벌 나비 구별 없이
날아와 앉아요.

꽃 아름다움이
완벽하게 피어남보다
풀꽃 평범해서
꽃 못남 잘남
꽃 덜함 못함
차별이 없어요.

꽃이 아파 누워도
햇살은 꽃밭에 고루 내려요
튼튼한 꽃
부족한 꽃
야윈 꽃
한 송이 꽃으로 곱게 피어
그 모두 아름다운 눈부심이지요.

　　　　　　　　　　내가 꽃이면 너도 꽃이야

꽃 질 때 사랑이야

꽃 질 때 땅이 아니 진동하고
꽃잎 아니 떨릴까?

꽃송이 떨어질 때 비바람 원망한들
봄날 아니 지나갈까?

찬달 스러지면 초승달 솟아올라
새소리 낭랑해 오면 풀잎 무성하여서
꽃 진 자리 사이로 별꽃이 맺혀오는데.

풀꽃 필 때의 아름다움은 눈으로 봄이지만
풀꽃 질 때의 고움은 마음에 살아옴이어서

차라리 꽃 필 때 눈물이고
꽃 질 때 기쁨의 사랑이야.

베르디 음악과 초상

그의 초상을 보기 전에
먼저 그의 음악을 들으며 떠올려 봐요.

그의 하얀 수염 날릴 때
폭포수 쏟아지는 울림 있었고
그의 눈가 이슬 맺힐 때
가녀린 여인의 흐느낌 있었어요.

파도 일렁이는 소리
천둥 벼락 치는 소리
거친 소리 모아 다듬어
고요로운 아침 창공에
장엄하고 은은한 종소리의 화음으로 들려줘요.

눈을 뜨고 그의 초상화 보지 말고
눈을 감고 파동쳐 오는 마음속 호수에
그의 모습 그려 봐요.

내가 꽃이면 너도 꽃이야

무지개로 피는 고운 소리에
꽃잎으로 붉어 피는 얼굴의
음악 속 내면으로 들어가
음색을 따라 그의 곁으로 다가가 봐요.

풀꽃의 미소

별 아래 풀꽃
당연히 흔하다지만
나 그런 풀꽃의 미소
모르고 스칠 때 많았어.

무심코 지나가다 만난 너
뚜렷하게 보지는 못해도
나 반기는
방긋한 미소 알 때
너를 닮고 싶어 해.

어디 가나 웃어 주는
풀꽃의 얼굴에
돌아가서 있다가도
보고 싶어
다시 오게 해.

내가 꽃이면 너도 꽃이야

꽃 한 송이 존재

알 수 없는 어느 외진 들길의
풀숲 속 보이지 않는 곳에서
방긋 핀 너 풀꽃 한 송이 존재로
세상이 아름다운 눈부심이었어.

알 수 없는 어느 깊은 산길의
수풀 속 드러나지 않은 곳에서
생긋 핀 너 산꽃 한 송이로
세상은 향기로운 맑아짐이었어.

4부

풀꽃의 노래

봄나물 보시

새순으로 나온 봄나물
어느 봄 처녀 만날까?

돋아 나와 향기로 있다가
그녀의 바구니로 들어가
기꺼이 기쁨으로 안겨야지.

이날을 위해
서릿발 헤쳐 나와서
새 생명으로 거듭나는 봄나물로
한 몸의 무주상보시(無主相布施)야.

내가 꽃이면 너도 꽃이야

풀밭의 꽃밭

풀밭의 꽃밭에 밤이 와
꽃들은 잠이 들고
벌 나비 날아가도

가슴에 향기로 부어 와
마음의 풀밭에도 꽃밭으로
꽃이 피어요.

환해진 마음 밝아 와
어제 같지 않게 핀 꽃
지지 않을 꽃 같아요.

풀꽃처럼 사는 이야기

나를 행복하게 했던
그 누구의 속삭임이 있었지.

나를 기쁘게 했던
그 누구의 시 노래가 있었지.

우리를 벅차게 할
풀꽃처럼 사는 이야기
바람의 향기로
그 누구에게로 보내고 싶어.

내가 꽃이면 너도 꽃이야

진달래 산꽃 사랑

봄이 올 땐
뻐꾸기 울음 따다
사연 깊은 첫사랑 그대에게
보내고 싶었네.

뻐꾸기 울면 그대 나의
고향 땅 뒷산에
진달래꽃 진홍으로 물들이고
첫사랑의 마음도
남몰래 붉히어 진해졌네.

봄이 갈 땐 꽃바람 잡아끌어
사랑 놓고 싶지 않았지만
꽃 진 길 따라서 그대도 시집가며
첫사랑은 그렇게 꽃잎처럼 가버렸네.

풀꽃 같은 그대

그대 위한 별이 되고 싶어요.
한밤 풀꽃 홀로 외로워질 때
별빛 반짝여 풀꽃 같은 그대와
밤마다 함께 하고 싶어요.

그대를 위한 해가 되고 싶어요.
아침 풀꽃 홀로 슬퍼서 눈물 흘릴 때
햇살 눈 부셔 풀 나무 같은 그대의
아픈 눈물 닦아주고 싶어요.

그대의 가을이 되고 싶어요.
계절 지나 모두 쓸쓸히 떠나갈 때
바람 살랑여 풀잎 같은 그대와의
맺음 곱게 물들이고 싶어요.

내가 꽃이면 너도 꽃이야

꽃 하나 별

무수히 빛나는 별들의 꽃밭 속으로
하나별이 되어
떠나는 우주여행의 꿈을 꿉니다.

하늘의 별은 지구의 꽃이 그리워
무수한 풀꽃 곁으로
내려와 별꽃 피움의 꿈을 꿉니다.

새벽녘 하나 별 사라질 때는
쓸쓸해진 채 이슬 뿌리어
풀꽃에 방울방울 눈물로 젖습니다.

풀꽃 구름

바람이 구름 몰아 와
햇살 가리어
비가 내릴 때
젖는 풀꽃의
그대 마음과 함께하고픈
하늘빛 내 마음 있어.

내가 꽃이면 너도 꽃이야

풀꽃 개미취

가을엔 떠나지 않으리라
굳게 약속했지만
떠나야만 하는 너의 운명이라서

늦가을 내내
임 기다려
목 빼고 서서 손짓하다가

이슬 시린 눈물이
서리로 얼어 핀 채로
만남 없이 떠나야 하는
아픔 있기에

흰 비단결 물안개 핀 아침
갈대꽃 길 강가 따라
하얀 영혼 떠나는
풀꽃 개미취 꽃잎.

풀꽃 개양귀비

양귀비꽃이 아름답다 했지요.
양귀비 자태는 정염하다 했지요.

차라리 풀숲에 피었으면
풀꽃 한 송이이련만
그렇게 구중궁궐서 호화하게 피어서
슬픔이었나요?

날아온 나비
양귀비꽃 그늘에 갇혀
살아날 수 없어서

꽃잎 바람에 흔들릴 때마다
먼 강의 강물이 출렁였고
꽃잎 달빛에 열릴 때마다
먼 산의 산맥이 무너졌으리오.

내가 꽃이면 너도 꽃이야

양귀비 핀 날이 간밤의 꿈이었고
양귀비 진날이 이슬방울의 맺힘이어서

차라리 꽃 여한 없이 핀
풀꽃 개양귀비가 아름다움이겠지요.

풀꽃 보기

풀꽃 제대로 보려
눈에 넣어 보아
어여쁜 너

풀잎 솜솜히 품어
보석 방울로 맺혀오는
영롱한 너

저녁부터 새벽까지
내 곁에서
어둠 함께 먹고 밝아 핀
꽃등 너.

내가 꽃이면 너도 꽃이야

풀꽃이기에

너이기에
평범하지 않을 수가 없지만
그래도 늘 예쁨으로
마음에 들어와 꽉 차 있어.

너이기에
청순하지 않을 수가 없지만
그래도 늘 좋아함으로
마음에 물들어 짙어 있어.

너 때로는
숨은 듯 조용히 피어 있지만
풀꽃 향기로 흔들어 와
설레임으로 마음을 깨워.

너와 나 결국엔
조금씩 서로 닮아가
하나 된 향기로 마주하는 거야.

야생화

아무 데서나 피는 꽃이지만
예쁘다는 바람의 고운 말을 들으며
꽃 더 아름다워서 피는 꽃입니다.

산들에서 피는 꽃이지만
사랑한다는 햇살의 애무를 받으며
꽃 더 향기 진해서 피는 꽃입니다.

내가 꽃이면 너도 꽃이야

우리 산꽃나무 하나야

내가 뿌리로 촉촉이 젖어갈 때
그대 산꽃으로 곱게 피어났지.

우리 산꽃나무 하나로
힘들 때
슬플 때
함께 하늘의 별을 봤지.

바람이 불어 그대 꽃 흔들릴 땐
그대 위해 흙이 되어 뿌리를 안았고
빗물이 내려 그대 꽃 젖을 땐
그대 위해 이파리 되어 비를 막았지.

그렇게 우린 서로를 위해
힘이 되고
위로가 되는
산꽃나무 하나야.

그렇게 풀꽃의 꿈 자라서

그대 좋아 찾아가는 파랑새
사랑하는 초롱꽃 곁으로
그렇게 꽃 찾아 떠나가는 꿈

바람결 돌아
들바람 쫓다가
냇물 길 돌아
강물 따라서
그렇게 꽃 향해 떠나는 꿈

그대 나 꽃 한 송이로 피어
꽃 색도 하나
향기도 하나
사랑도 하나

꽃 하나로 만나
스치는 바람 함께
흐르는 빗물 함께
자연에서 피고 자연으로 떨구어
돌아감이야.

갈꽃 시월에

갈꽃의 계절은 어디까지 왔을까?
시간의 열차는 들국화 핀 언덕을 넘어
코스모스 핀 들길로 시월을 향해 달려갑니다.

간이역이 있는 시월 중간에
휘영청 밝은 보름 달빛이
갈대밭 풀숲에 뿌립니다.

고추잠자리 고운 옷 입고 날 때
가을바람도 고와져
갈잎을 곱게 물들여 옵니다.

계절의 종착역이 가까워질수록
풀 나무 오직 더 고와져서
화려한 향연으로
아름다운 이별을 준비합니다.

우리 이야기

선선한 바람 부는 언덕
들꽃 핀 들길에서
우린 만났지.

보름달 빛 내리는 하얀 두렁
달맞이꽃 뿌려진 두렁 길 따라
우린 걸었지.

푸른 물결이 이는 시냇가
갈대꽃 춤추는 둑방길에서
우린 약속했지.

　　　　　　　　　내가 꽃이면 너도 꽃이야

한가위 밤에 달이 밝은 건

한가위 달 뜬 밤이
그리 밝은 건
그리운 님 얼굴
잊지 말고
다시 밝혀 보라는 거야.

한가위 달 뜬 밤이
그렇게 휘영청 한 건
사랑의 님 모습
잊지 말고
고이 밝혀 보라는 거야.

한가위 달 뜬 밤에
그토록 달이 둥근 건
보는 이 마음
원만하여
함께 둥글어 보라는 거야.

행복의 기쁨

저문 해 너머
돌아갈 둥지가 있기에
나는 새의 날갯짓

굽잇길 고개 너머
반기울 가족이 있어
걷는 귀가의 발길

아픔의 그늘 뒤편
채울 빈 가슴에 벅차서
차오르는 행복의 기쁨.

내가 꽃이면 너도 꽃이야

추억 속 달맞이 가자

보름달 뜰 때마다
밝은 달 바라보며 그리던
계수나무 옥토끼는
어디로 가 숨었을까?

한가위 오늘일랑
잊어버린 꿈 찾으러
추억 속 달맞이 가자.

지나간 옛 시절은
잊혀져 간데없이 묻히었어도
오늘 보름달은
예전의 동산 위에 그대로 떠 있어.

이별

이름 모를 별 하나 사라진
그 어느 날 홀연
갈라지는 꽃송이
그리고 부서져 내리는 꽃잎

떠나갈 꽃 곁에서
울고 있는 풀벌레
잃어버린
소중한 한쪽의 심장을 두고
떠나야만 하는 긴 여행

꽃 한 송이의 존재의 까닭

꽃 한 송이 작지만
그 향기 우주를 품으면
우주의 전체인 거야.

풀꽃 한 송이 보잘것없지만
좋은 색으로 세상을 아우르면
그 하나가 세상의 전부인 거야.

피어 그렇게 꽃다우면
바로 세상의 주인공이 되는 것이고
스스로 세상을 아름답게 만드는
빛줄기인 거야.

하지만 그 꽃 한 송이의 존재는
알아주지 않는 외진 곳의
잘 눈에 띄지 않는 풀꽃이라 하더라도
꽃빛으로 빛나서 있는 거야.

들꽃 사랑하기

예쁘다라고 말하고 싶어.
하지만 빼어나다라고 말할 수 없어.

부족하다라고 말하고 싶지 않아.
하지만 무성한 넉넉함도 아니야.

오늘 보면 내일 또 보고 싶어
하지만 보고 싶어 미쳐버릴 정도는 아니야.

내가 꽃이면 너도 꽃이야

사랑 꽃 한 아름 안기어

겨울 달 저물어
서산의 산봉에 내려앉는
새봄의 달 꽃을 보았어요.

그리운 봄바람 훈기를 머금고
꽃 가람을 건너
꽃내음 밀고 올 때

돌아온 봄비에 고와 물든
꽃들의 춤사위가
앞산 뒷산 만개하여
휘영청 밝아 보여요.

짧은 날
아쉬움의 사랑으로
그리움 진하여
마음 저편으로 흐르는 강물이
사랑의 봄꽃 한 아름 안긴 채
고와 흘러요.

숭고한 사랑이지요

꽃이 얼마나 아름다워야
꽃답다 할까요?

거룩한 어머니 마음의 빛처럼
순수한 사랑의 빛 고움으로
오는 야생화 한 송이.

그대 또한 이와 같아서
꽃다운 숭고한 사랑이지요.

풀꽃의 이름

언제 그대 풀꽃의 이름으로 왔나요?
어느새 내 곁으로 와서 핀
꽃 한 송이
곁에 두고 소중함을 잊었고
아름다움도 몰랐지요.

이제 그대 곁에 돌아와
다시 불러야 피는
풀꽃의 이름.
한 송이 풀꽃 그대로 보아
고와 늘 그 자리에 피어 있는
풀꽃의 이름이지요.

봄 들꽃 희망의 노래

보드라운 햇살 두드려 와
풀숲 잠에서 깨어날 때
아름다운 꽃송이 눈부셔
간 길로 돌아와서 핀
봄 들꽃

보는 이 몰래
나비 날아와 반길 때
향기로운 미소를 지으며
살며시 다가와서 핀
봄 들꽃

파란으로 일어나는 풀잎 품어
새롬으로 출렁여 올 때
새 세상 함께 맞으며
푸른 희망으로 핀
봄 들꽃.

내가 꽃이면 너도 꽃이야

꽃샘 바람꽃

꽃샘바람 맞아 피는 바람꽃이라.
산자락 이미 봄물 들어 펴 오는데도
애태워 바람결 막지 못한 채
얼어붙은 대지를 아직 녹이지 못했습니다.

뜬눈으로 밤새워 피는 바람꽃이라.
그리워 부푼 맘 졸린 채
바람결 일 때마다 꽃망울은 열리어
꽃샘 바람꽃이 이미 널리어 만발했습니다.

뿌리 저민 끝은 아직 시리움이라
이파리 돋아나지 못해서
꽃잎 앓다 떨어진 꽃 진자리로
바람꽃 희망으로 푸르러 물결쳐 왔습니다.

봄맞이 풀꽃

봄날 아직인데
봄맞이 풀꽃 향기는
어디쯤일까?
홀로 시린 밤
그리움 불러와.

정월 보름달 따다가
맘속에 넣어
시리던 마음 데워
봄바람 맞아 들면

임 오시는 날이
이른 봄이라
별꽃 핀 길 따라 밝히어
낮에는 산길로
밤에는 들길로
오실 때
내내 반겨 맞으리.

내가 꽃이면 너도 꽃이야

오시는 길
산이 높고 강이 깊을까?
봄을 맞는 꽃 어느새 피어 오며
임을 함께 맞으리.

풀잎 단풍

사랑은 풀잎 단풍 위에 곱게 쓰는
사연 깊은 편지 한 장

삶은 풀잎 단풍 고운 그대로 떠나는
황홀한 서녘으로의 화려한 외출

풀잎의 인연 아직 그대 나이고
마주함 늘 풀잎 단풍의 아름다움이야.

　　　　　　　　　내가 꽃이면 너도 꽃이야

그대 모습 다 좋아라

햇살에 방긋하는 풀꽃이 좋아라.
바람에 춤추는 풀잎도 좋아라.

빗물에 꽃잎 젖는 슬픈 풀꽃 좋아라.
흐린 날 풀 죽어 숙인 풀잎도 좋아라.

그렇게 모든 날 나와 함께한
그대 풀꽃 모습 모두 좋아라.

그리움 뒤

햇살 가린 구름이
다 가는 동안
내내 기다려
결국 하늘 맑을 때
햇살 밝은 얼굴로
변함없이 그대로 함께함이야.

내가 꽃이면 너도 꽃이야

쑥부쟁이

바람 남실이다
들길 모퉁이서 산들바람으로
돌아올 때
흔들려 피어 오는
영혼 하얀 꽃송이

쑥부쟁이 꽃
하늘 먼 곳 두고 온 임
그리움 사무쳐 내내 기다리다
이제야 영혼으로 피었노라고
하염없이 흔드는
너의 하얀 손짓.

만남 아직 아득한가?
어느덧 겨울바람 헤적여 불어오는데
아직도 아쉬움에 먼 하늘 바라보며
흘리는 눈물방울
꽃잎에 젖어 설설 서리네.

풀 내음 내내 좋아

반가워 풀꽃 볼 때
고마워 풀꽃 보듬을 때
행복해 풀꽃 품을 때
풀 내음 내내 좋아 함께했지.

온몸 풀꽃 스칠 때
마음 풀꽃 나눌 때
사랑 풀꽃에 줄 때
풀 내음 내내 좋아 함께했지.

감사한 꽃 한 송이

감사함은 생각이 아니고
꽃 한 송이의 마음이야.

감사함으로 핀 꽃 한 송이의
향기로운 마음은
말로 표현하지 않아도
방긋한 꽃잎의 미소가 대신하고 있어.

꽃 한 송이의 감사는
가르침의 강요가 아니라도

바람의 흔들림에서
빗방울의 젖음에서
태양의 뙤약볕에서
감사의 의미를 가슴으로 깨달아
늘 감사함을 알고 있기 때문이야.